AF492478

Leopoldo Pontes – Contos Jurídicos

CONTOS JURÍDICOS

16 DE JULHO DE 2022
LEOPOLDO PONTES
amazon.com

Contos Jurídicos

Por

LEOPOLDO PONTES

Contos Jurídicos

Por

LEOPOLDO PONTES

Capa pelo autor.

"Non nova, sed nove"

À Fafí

Sumário

1. O CASO DA MULHER DO MARIDO QUE FUGIU PARA A CHINA

PRELÚDIO

O ano é 2000. Sou advogado. Meu escritório é pequeno. O cliente entra por uma antessala, bem arejada. E logo dá de encontro com a sala de espera, onde fica minha secretária, uma jovem senhora respeitável. A porta da esquerda dá para um banheirinho, a da direita para a minha humilde sala. Tenho meu próprio banheiro e uma pequena cozinha.

Era já meio-dia. Sexta-feira. Nenhuma audiência para aquela tarde, eu iria mentir para a secretária e bandear pra uma pescaria no sítio do João. Ela, naturalmente, diria, a qualquer um que viesse me procurar, algo como "O Doutor Leopoldo saiu, mas deve estar de volta até o final da tarde", ou talvez "O Doutor Leopoldo está em audiência no Fórum", ou até alguma mentira pior, como "O Doutor Leopoldo foi vistoriar os autos de seus processos nas Varas do Fórum e agora deve estar em audiência com o Juiz, mas até o final da tarde deverá estar de volta" ... Que grandessíssimos mentirosos são esses causídicos, a quem o povo chama de advogados... Quão inventivo eu quase fui naquele dia! Bom, falso seria a palavra mais apropriada. E o pior de tudo, ainda iria fazer minha secretária conjuminar com tamanho engodo! Ela iria mentir para mim... Será que o salário que eu lhe pagava era suficiente para tal?

Eis que a Providência me foi benigna, mais uma vez, naquele dia. Não precisei mentir, muito menos a minha secretária. Pois justamente ao meio-dia, o sol ardendo lá fora e me chamando para as Varas, não às do Fórum, mas às de pescar, eu pronto para responder ao convite contumaz de meu amigo sitiante João... Foi quando aconteceu. Sim, aconteceu.

Ouvi uma voz de mulher entrando na salinha da minha secretária. Voz agradável, um meio-soprano que utilizava suas notas mais graves para a conversa diária. Não tive tempo de comunicar que não estava, ainda bem, porque não menti. Porém, rápida e eficientemente, a secretária transpôs a minha porta e veio até a minha mesa anunciar:

- Doutor, uma cliente nova está aí. Seu nome é Sofia de Arruda Almeida, ela mora nesta comarca e quer receber pensão do marido que a deixou.

Naquele momento, imaginei que seria um caso clássico e rapidamente eu despacharia, para depois, com toda a pompa, finalmente, ir à pesca:

- Mande-a entrar, por favor.

Saiu minha secretária e adentrou pela minha porta uma dessas moças de cerca de trinta anos de idade, cabelos lisos cortados na nuca, escuros e densos, num andar de quem já sabe o que quer e não procura feito louca um qualquer para se relacionar. Parecia muito segura de si. Vestia um branquinho com mangas soltas, sandálias de meio salto nos pés e, podem acreditar, um lindo chapéu enorme, de abas moles... Eu a olhava com vontade de correr longe, sem explicação, estava sonhando com aquela pescaria no sítio do João... Ah, sim, ela portava óculos escuros numa das mãos, enquanto a outra segurava com leveza uma bela bolsa indiscreta. Minha secretária fechou a porta, deixando-me a sós com a nova cliente. Confesso que estava muito entediado! Completamente cheio! O meio-dia, já passado alguns minutos, chamava-me à preguiça e ao desespero! Eu não estava a fim de trabalhar, não naquele dia... Queria pescar!!!

Todavia, enfim... o trabalho estava para começar, eu tinha realmente que atender a moça. Fiz um gesto convidando-a a sentar-se na poltrona:

- Boa tarde. Em que posso ajudar?

Cuidadosamente, a senhora Sofia de Arruda Almeida aprumou-se no assento macio, espalhou ousadamente sua grande bolsa na beirada de minha mesa, os óculos escuros ao lado, cruzou as pernas e pousou as mãos sobre os joelhos:

- Doutor, eu vim te procurar porque me disseram que o senhor é especialista nessas coisas de receber dinheiro de marido que abandona a gente.

- Quem me recomendou à senhora?

- Ah, foram duas colegas minhas que falaram que são suas clientes. Uma delas é a Arci da Silveira e a outra a Marina Buzzo. O senhor conseguiu pra Arci a pensão de seu primeiro marido e depois do segundo marido. E pra Marina o senhor conseguiu que o ex-namorado pagasse pra ela uma pensão, todo mês, de quinze salários mínimos. Foi por isso que eu vim procurar o Doutor.

- Entendo...

- A causa já está ganha, vai ser muito fácil o Doutor ganhar. Minhas colegas falaram que o senhor é muito bom!!!

- Obrigado. Mas ocorre que não existe causa ganha, nós aprendemos isso já na faculdade. E tiramos a prova no dia-a-dia forense. Não existe causa ganha. Se a senhora achar realmente que sua causa está ganha de antemão, eu sugiro que procure outro advogado, pois eu prefiro defender causas perdidas. Afinal, se não existe causa ganha, não existe causa perdida. O resultado só vem com a sentença do juiz. Por isso, eu não admito que ninguém venha me dizer que sua causa é perdida ou ganha. Eu sou o advogado, só eu posso dizer uma coisa dessas. E eu não digo, porque muita coisa pode ser feita até chegar na sentença.

- Bom, o Doutor me desculpe. É que na verdade eu já vim de três advogados que recusaram me defender.

- O quê?

- É, eu vim de...

- Por quê???

- Ah... Eles falaram que é impossível eu conseguir o que estou querendo! Sabe, é que...

- Ah, sei. Então, foi só depois da senhora ter passado pelos três advogados é que veio me procurar!!!

Nesse momento, senti que minha fala beirou a grosseria. Vi que ela se assustou, achei que ia sair correndo, com medo de minha reação abrupta. No instante seguinte, pensei até que seria bom perder essa cliente, assim eu poderia, afinal, pescar no sítio de meu amigo João. Não foi o ocorrido. Ela se adiantou, sentando-se na ponta da poltrona, e descruzou as pernas, mantendo-as unidas, colocando os braços sobre a bolsa de tal modo que suas mãos pareciam gritar por socorro!

- Doutor, não precisa me chamar de senhora. Apesar de meus trinta e cinco anos e meus cinco filhos, nunca me casei. Tive, sim, um homem com quem vivi um relacionamento muito forte e duradouro, e que é pai de todos eles. São duas meninas e três meninos. A Izara é a mais nova, tem onze meses. O mais velho é o Izaar, que tem treze anos. Tem ainda a Zaíra, o Zaari e o Azair. Eu já tinha o nome para a próxima menina, ia ser Raíza. E se fosse menino ia ser Ariaz. Só que não deu tempo.

Pescar, pescar, pescar e vadiar...

- Pode me chamar de você, Doutor.

Eu tinha que ser firme. Na verdade, não gosto de intimidades com clientes, principalmente com as de outro sexo. É uma questão de profissionalismo, um bom advogado tem que manter a distância suficiente para não deixar que eventual aproximação afetiva possa atrapalhar o relacionamento cliente-defensor. Ou seja, estar sempre com a cabeça na causa. Nunca diferente disso.

- A senhora me desculpe, mas nós chamamos dessa forma a qualquer cliente mulher e com a qual não tenhamos algum conhecimento pessoal mais íntimo ou familiar. Desculpe, mas te continuarei chamando de senhora.

- Mas eu não gosto de ser chamada de "senhora" ... Sabe, parece que eu fico mais velha, não gosto.

- Continuarei te tratando de senhora. Por favor, é a minha reputação em jogo.

- Não vejo onde a sua... reputação... pode ser pior ou melhor me chamando de senhora ou de você.

Claro, ela tinha razão. Falhei, quando tentei explicar com a palavra *reputação*... Mas a essa altura dos acontecimentos, palavra falada já era palavra escrita. Danação! Tentei consertar:

- É questão profissional, senhora Sofia.

Quanto mais eu tentava explicar, mais me enredava na falta de motivos:

- Por favor, me chame de você.

- Assim a senhora me desconcerta...

- Você. Por favor, me chame de você.

Ela me aparentava um inseto que se descobria debaixo de uma pisada inevitável. Bom, isso é inverdade: era ela que estava por cima da carne seca! Eu perdera nos argumentos. Não tive como não acatar o seu pedido:

- Bom. Você disse que viveu com um homem por vários anos, teve cinco rebentos com ele e agora quer a pensão. Ele então a abandonou, pois sim?

Sofia de Melo Almeida se acomodou na poltrona. Afundou-se, melhor dizendo, abrindo as pernas com os joelhos unidos. Seus braços se entregaram ao descanso.

- Não. Ele viveu comigo durante doze anos. No começo, a gente morava em Sabará...

- Minas Gerais.

- Isso. Depois de uns oito meses juntos, nosso primeiro filho, o Izaar, já com quase dois anos, nos mudamos para Chuí. Ficamos numa casa por dois meses, depois mudamos para outra que ficava no lado paraguaio. Passados nove meses, viemos para São Paulo, mas lá não dava, era muita confusão, eu já estava grávida de nossa primeira menina, a Zaíra, então mudamos para Rio Claro. O Doutor conhece Rio Claro?

- Sim, conheço. É uma cidade no interior do estado paulista, fica perto de Piracicaba...

- Isso, a gente chegou a pensar em morar lá, mas no final preferimos Rio Claro, porque lá tinha um comerciante vendendo sua loja por um preço bem em conta, na bacia das almas. Compramos a loja, não o ponto. Compramos o imóvel. A gente morava no fundo e trabalhava na frente.

- Comércio de quê?

- Roupa. A gente comprava roupa em São Paulo e revendia em Rio Claro. Lá foi muito bom pra gente. Moramos lá uns oito anos. O comércio deu bem, cresceu, foi indo bem até que, sei lá, a gente ficou cheio, não aguentava mais ficar atrás do balcão. E também, a gente se encheu da cidade. A gente é meio cigano. Já era muito tempo numa cidade só. Então, a gente saiu, foi embora, decidimos ir para a praia. Moramos um tempinho em Paranaguá, lá no Paraná. Depois, viemos pro litoral paulista, tentamos morar em São Sebá[1]. Mas, não sei porque, acabamos morando aqui em Caraguá[2]. Aqui vivemos por quase um ano. O Doutor pode ver que a gente era uma família estável, porque a gente tava sempre junto, onde um ia todo mundo ia junto.

- Claro, claro. Estável.

O coração não implica em aproximação pessoal, sim na atitude.

- Aqui em Caraguá, ele trabalhava com pastel na feira e eu como costureira.

- Vocês não conseguiram ter um comércio aqui?

- É, o Aizar preferiu trabalhar com pastéis, porque assim podia fazer bicos. Sabe, ele também andou fazendo uns trabalhos como padeiro e confeiteiro, depois comprou uma moto, fez serviço de entrega de pizza, ele se virava, sempre rolava uns trocos bons, no final. Foi nessa época que eu comecei a fazer uns bicos de costura e acabei tendo até uma boa clientela.

- E aí vocês continuaram trabalhando nisso até quando? Ainda hoje vocês trabalham nesse setor?

- Não, Doutor. Daqui de Caraguá, a gente voltou pra Rio Claro. Ficamos lá uma semana. Depois, voltamos pra cá em novembro.

Em poucos instantes, minha cliente já estava completamente relaxada. Acomodara-se tão perfeitamente à poltrona que até parecia feita uma para a outra.

---

[1] São Sebastião.
[2] Caraguatatuba.

- E como foi a separação? Quero crer, houve uma separação.

- Não, não foi bem uma separação.

- Não?

- Seguinte, Doutor, nunca brigamos. Um mês antes do carnaval, Doutor, ele disse pra mim que ele precisava partir para outra vida. Eu falei pra ele que estava bem. Então, ele foi. Pegou as coisas dele, chamou uma caminhonete, mudou-se para outro apartamento no mesmo bairro e foi ter a vida dele separada da minha.

- Os filhos?

- Ficaram todos comigo, eu pedi e ele aceitou. Na boa.

- E aí?

- Aí ele sempre vinha em casa buscar os filhos pra passear, às vezes levava pra escola, ia buscar, mas eles nunca dormiam na casa dele, sempre voltavam pra minha. Sabe, eu não deixava. Já que era pra ficarem comigo, era pra ficarem mesmo. Tenho muito ciúme de meus filhinhos. Ainda mais a Izara, que só vai fazer o primeiro aniversário daqui a vinte dias...

Vinte dias... Estávamos ainda no segundo verão do ano 2000. Estava se aproximando o Natal. Calor, a vontade de colocar um bermudão e camisa de propaganda, chinelo de dedo, pronto para ir às varas de pesca no sítio de meu caro amigo João...

- Um dia, ele chegou e me disse que havia conseguido um emprego numa empresa grande! Então, ele deixou de ser pasteleiro e foi trabalhar com papelada. Ficava atrás de uma mesinha, junto com um monte de gente, cada um na sua mesinha, todos eles atendendo as pessoas que vinham se cadastrar e trazer currículos para a empresa. Depois, ...

Ela parou de falar de repente, ficou um tempo em silêncio. Não tive coragem de cortar a pausa. Uma longa pausa. Senti que ela mesma precisava tomar fôlego para voltar à sua história. Um advogado tem que dar uma de psicólogo. Ela agora se preparava para voltar para sua história. A história do período que se sucedeu ao mais feliz da sua vida.

- Doutor Leopoldo, o meu namorado, que naquela época já era ex, ele deixou a mesinha e foi para uma outra sala, onde tinha quatro mesas grandes. Ele ficava numa dessas mesas, mas tava sempre saindo da sala, ficando um tempão fora e depois voltando. Quando saía, levava um monte de pastas de papelão, igual essas que o senhor tem em cima da mesa. Quando voltava, outro monte de pastas.

Enquanto ela falava, eu anotava os dados principais, a história, mas não conseguia desgrudar meus olhos dos dela. Aliás, pode ser lugar comum, porém os olhos daquela mulher eram penetrantes até a alma. Parecia que ela sabia o que eu pensava. Temi, naqueles momentos, que ela descobrisse a minha vontade de sair para pescar. Mas acho que àquela altura eu já havia esquecido por completo do lazer em potencial. As palavras daquela mulher eram muitas. Mas dava pra ver que ela tentava ser objetiva. Como um dardo numa profusão de alvos. Seus sentimentos, entretanto, batiam mais. Os gestos mantinham-se contidos. Pequenos, embora leves. Precisos. Saltitavam como lebres presas num cercadinho.

- Quando eu ia lá com as crianças, observava com atenção. Eu não sou boba. Sabia que muita coisa devia estar acontecendo naquela empresa, e ele estava ficando importante. Pela roupa que ele passou a usar, o carro, o perfume, sabe, a gente que é mulher consegue notar essas coisas... Ele estava ganhando uma nota boa! Depois fiquei sabendo que ele saiu daquela empresa para lidar com bolsa de valores, era um corretor.

Então, olhou para uma cópia de meu diploma acima de minha cabeça e voltou seus olhos para minhas pupilas. Havia parado de falar e achei que era a minha hora de soltar o verbo:

- Sofia, posso te chamar assim?

Ela acenou positivamente com a cabeça.

- Sofia, quer dizer então que seu ex-namorado, pai de seus cinco filhos, estava ganhando muito dinheiro. E você? A costura...

Minha nova cliente imediatamente me interrompeu:

- Costura não dá camisa para cinco filhos, Doutor!!! Ele estava ganhando muito dinheiro!!! E eu ficava na mesma loróia, não saía dos pingadinhos de todo mês!!!

- E você foi conversar com ele sobre isso?

- É. Fui. Ele nem pensou em negociar. No mesmo dia, depositou na minha conta um dinheiro bom, acho que uns dez salários mínimos. Eu trouxe os extratos da minha conta pro senhor ver.

Sim, era verdade. No que ela falou, no mesmo momento, sacou de sua bolsa um envelope e esvaziou seu conteúdo. Disfarcei, como se estivesse realmente conferindo todos os extratos ali apresentados. Queria, mais, era ouvi-la, pois a história contada era só agora. Depois eu me preocuparia com os documentos escritos. Poderia lê-los na minha solidão. Preferi, portanto, fazer Sofia contar mais:

- E ele vem pagando esses dez salários mensais?

- Peraí, Doutor, não cheguei lá ainda. Calma!!! Acontece que, depois de dois meses, ele começou a depositar dezesseis salários mínimos. Foi quando decidi comprar uma casa própria, porque eu morava num apartamento de aluguel. Arrumei um financiamento e comecei a pagar a minha casa própria. É um apartamento de três quartos, sala e cozinha, mais um banheiro. E dependências de empregada. Sabe, quartinho e banheirinho, ligados com a lavanderia.

- Grandinho, o apartamento. Bom!

Sofia era simpática. Verdadeira. Aprendi nas minhas décadas de vida nunca desprezar alguém por não poder pagar à vista nossos honorários, nem também valorizar *in extremis* qualquer safado, só porque tem os bolsos cheios de metal!

- É, Doutor. É. Só que depois de cinco meses ele parou de depositar na minha conta. Sem avisar nem nada. Fui procurar ele na empresa, ele me garantiu que ia pagar até mais. Passou o mês e nada. Voltei a falar com ele, passou mais dois meses e nada. No terceiro mês, ele me pagou todo o atrasado e ainda uma quantia a mais, coisa assim de mais uns cinco salários mínimos.

- Que bom!

Ora, em análise rude e inflamada, meus melhores clientes sempre foram os que pagaram a prazo, mediante promissórias. E essa dona parecia mesmo ser do último tipo. Durante alguns segundos, pensei nas promissórias, no arquivo do computador onde estavam guardadas...

- É. Daí ele falou que ia viajar pra China, ficar uns tempos por lá.

Nesse momento, acordei do sonho das promissórias:

- Desculpe. A senhora falou que seu marido viajou para a China?

- Doutor! Eu falei que é pra não me chamar de senhora, por favor!

- Bom, você disse que o seu ex-namorado viajou para a China. E ele tá lá até agora?

- Isso. Ele nunca foi meu marido, era meu namorado. Falou que ia viajar pra China e ficar uns tempos pra lá. E de lá ele ia depositar na minha conta todo mês. Ele deixou pra mim o endereço direitinho de onde ele ia morar, lá na China.

- Você tá com o endereço aí?

- Tô.

Sem qualquer vergonha, abriu a bolsa completamente, começou a tirar todo o tipo de objetos de dentro, virou a boca pra baixo, deixou que tudo caísse sobre minha mesa. Começou a espalhar o conteúdo na minha frente, misturando as coisas dela com as minhas. Tentei ir separando, sou muito cioso com essas coisas, gosto de manter o meu espaço. Ela continuou espalhando tudo, até achar a um papelzinho dobrado várias vezes. Abriu o, digamos, documento. E mostrou-me a preciosidade:

- Tá aqui, Doutor.

Era um pedaço de folha de caderno com uma série de ideogramas. Eu queria acreditar, chineses.

- Sofia. Você entende o que está escrito aqui?

- Não, Doutor, mas ele falou que se eu escrevesse qualquer carta e pusesse esse endereço no envelope, ia chegar lá.

- É... Bom, Sofia, ele pode ter mentido. Talvez não esteja escrito nada aqui.

- Não, ele não faria isso comigo. Ele não mentiu. Ele escreveu o endereço aqui. Eu sei, eu tenho certeza disso!

- Você então nunca mais teve contato com ele.

- Não, Doutor, tive sim!!! Ele às vezes telefona pras crianças, pra continuar mantendo contato com os filhos, eu deixo, né? Bommmmm...

Fiquei arrepiado. Aquele "bommmmm..." me pareceu o som de um trovão. Sofia pronunciou o vocábulo com alguma nota muito baixa da escala possível de sua voz meio-soprano. E parecia que o som vinha do fundo do estômago!!! Junto do B de Bomba, vinha o mantra OM... Não, eu não estava impressionado, não, é tudo verdade!!!

Bem, talvez eu esteja carregando um pouco nas tintas, como recomendava meu professor de Introdução ao Estudo do Direito, na faculdade. Todavia, e sempre temos o todavia, essa minha nova cliente sabia como impressionar seu ouvinte. Era uma verdadeira atriz do cotidiano. Decidiu recolher tudo que espalhara em minha mesa. Cuidadosamente. Meticulosamente, sem pressa. Manteve todo esse tempo em silêncio. Eu também. A mulher parecia que ainda mantinha no ar um som de OM, de suspense. Fechou a bolsa, olhou subitamente para os olhos das meninas de meus olhos:

- Doutor Leopoldo: meu ex-namorado é viciado em jogo, sempre foi assim. A gente ficou sem comércio em Rio Claro, eu vou contar porque acho que a gente não pode esconder nada do advogado. Minhas colegas me recomendaram isso, falaram que o senhor não gosta que a gente fique escondendo as coisas.

- Esse foi o melhor conselho que elas puderam te dar, minha cara. Se não sabe se o que vai falar é importante ou não, fale! A gente nunca sabe quando alguma coisa que parece sem importância pode alcançar os tálamos no passar do processo. Mas a senhora disse que ele é viciado em jogo, é isso?

- É. Acho que sim...

- "Acho"?

- Olha, Doutor, meu ex-namorado perde muito dinheiro em cassino, é viciado em jogo, perdeu nosso comércio de Rio Claro com jogo!!! Quando a gente voltou pra lá, que ficamos uma semana, ele foi pra tentar pagar umas dívidas, mas não resistiu e perdeu o que tinha, tudo o que a gente tinha, em jogo, Doutor. Saímos de lá com uma mão na frente e outra atrás. Depois, aqui em Caraguá, o dinheiro que ele conseguiu comprou a moto.

- Perdeu a moto jogando.

- Como o senhor adivinhou?

- Elementar. Intuição de advogado.

- É, ele perdeu a moto num jogo. Era um jogo de tudo ou nada, ele perdeu. Aí, eu cheguei, vi o que estava acontecendo, não deixei ele continuar. Ele ia brigar comigo, ia ser a primeira vez. Mas não brigou. Eu já falei pro senhor, a gente nunca brigou.

- Por isso vocês foram morar no Paraguai, uma época. O jogo era o fraco de seu marido.

- O Aisar não era meu marido. Nunca nos casamos.

- Para os efeitos legais, o pai de seus filhos, seu convivente por vários anos, o Aisar, é seu marido. Então, como íamos dizendo, vocês foram morar no Paraguai por causa do jogo.

- É, lá ficava fácil dele jogar. Mas foi a perdição pra gente, eu que falei que a gente precisava era cuidar dos nossos filhos, então ele concordou e saímos de lá. Ele não sabia se controlar, eu precisava ser a consciência dele.

- Sofia, a empresa que ele trabalhava, ou trabalha, tem alguma ligação com o jogo?

- Não, doutor, ela é direitinha. Não tem nada a ver com jogo. São suprimentos de informática. O Aizar foi pra China pra poder fazer curso, lá. Ele aprendeu aqui no Brasil, com os cursos de computação, a maioria pela própria firma. Agora ele está fazendo uns cursos de aperfeiçoamento lá, na China. E aproveita para ver como funciona a corretagem das bolsas de valores por lá. Dinheiro é o que não está faltando pra ele.

- Entendo. A senhora...

- Você, Doutor, você!!! Por favor!!!

- Desculpe. Você, Sofia, pretende pedir quanto de pensão para seu ex-namorado?

- Ah, dezesseis salários mínimos, que era quanto ele estava pagando mais...

- Vamos então pedir trinta salários mínimos. Depois, se precisar, a gente negocia.

- Faz um negócio da china!!!

- A senhora... desculpe... Você é muito inteligente, Sofia!

- Sabe, doutor, não tenho interesse em voltar com ele. Foi muito bom viver esses anos todos com o Aizar. Não tenho reclamação. Só quero poder criar meus filhos com o dinheiro que eles merecem. Não quero a pensão pra mim, quero pra eles. O que eu vivi com meu ex valeu a pena. Tá pago, já. O que eu quero é para os meus filhos.

II

No dia seguinte, choveu. Não tinha como pescar no sítio de meu amigo João. Felizmente, ele apareceu em minha casa logo pela manhã, acompanhado do Gaúcho:

- E aí? Vamos chimarrear?

Todos somos amantes do chimarrão. De minha parte, o hábito é hereditário, advindo de tios que nasceram e viviam no Paraná.

João aprendeu a tomar chimarrão com alguns antigos clientes gaúchos. O João é arquiteto nas horas vagas, quando não está cuidando de seu sítio. Talvez por isso ele pareça meio estranho aos olhos das pessoas medíocres. Como bom profissional, ele não pode ver uma torneira, já comenta sobre outro modelo que seria mais bonito, além de mais bem utilizável. Depois, lembra sobre as colunatas gregas e seu uso nas residências. Na verdade, ele não gosta de colunas gregas, prefere as romanas, porém prescinde em geral de todas, já que seu princípio é o da limpeza visual. A não ser quando coloca chapelão, botas e música regional no som do carro. É um bom amigo.

O Gaúcho é outro. Trabalha feito um cão no supermercado, onde é encarregado. O gerente o explora e nunca paga horas extras. Bom, o cão recebe sempre um afaguinho do dono. Já o Gaúcho, se não fosse as churrascadas e os chimarrões, não sei o que seria dele. Mas é o maior cortador de carne que já conheci. Com suas mãos, um coxão duro vira filé minhão[3]. Ele é um homem um tanto mais novo que nós, mestre do churrasco! É outro bom amigo.

Nossas esposas fizeram a maionese, a salada de folhas e tomates, o arroz, o suco e a mesa. O Gaúcho cortou a carne, eu cuidei do fogo e o João dos cortes finais e do chimarrão. Apesar da chuva, que teimou em durar todo o final de semana.

---

[3] Ou "filet mignon", como escrevem os brasileiros.

III

Segunda-feira. Calor demais, pleno sol de verão. Eu estava com um péssimo humor, como é de costume. Cheguei no escritório por volta do meio-dia. Minha secretária, acostumada com as minhas segundas-feiras, estava dando corda na conversa de Sofia, para que minha nova cliente não fosse embora.

Disse bom-dia para as duas, sem olhar para suas caras, talvez de forma um tanto bruta e seca. Fui entrando direto para minha sala. Minha secretária veio logo atrás.

- Doutor Leopoldo, aqui está a correspondência de hoje para o senhor. E a dona Sofia está aqui esperando desde antes de eu abrir o escritório. Quando cheguei, às nove horas, ela já estava na porta, esperando. E ficou na sala de espera esse tempo todo, aguardando o senhor chegar. Acho que é melhor atender logo, eu não tenho mais assunto para conversar.

- Obrigado. Mande-a entrar.

Sofia entrou rapidamente. Eu abria a primeira carta com meu abridor antigo, peça de museu, herança do sogro. A secretária fechou a porta. Só então voltei meu olhar para minha cliente. Foi então que notei seus cabelos compridos e negros. Não eram curtos? As mulheres costumam surpreender. Dessa vez ela estava com um pequeno chapéu branco sobre suas melenas. Assim como o chapéu, branco também era seu vestido, levemente mostrando os joelhos. Bolsa e sandálias imitando couro. Manteve-se de pé, mexendo na bolsa enquanto falava comigo:

- Bom-dia, Doutor. Trouxe os documentos que o senhor pediu.

- Por favor, sente-se.

- Obrigada.

Sofia sentou-se com o mesmo cuidado da primeira vez. Voltou a mexer na bolsa e parou:

- Com licença. Posso usar sua mesa?

Sem resposta efetiva, abriu completamente a bolsa e descarregou todo o conteúdo sobre a minha mesa. Mais uma vez me foi dado a conhecer toda a vida íntima daquela mulher, junto à qual estavam os documentos requeridos. Aliás, todos dobrados, muito dobrados, excessivamente dobrados e amarrotados. Todos misturados com os objetos femininos de Sofia. Realmente, não parecia haver mesmo segredos daquela cliente para com seu interlocutor.

- Aqui estão as certidões de nascimento de meus filhos.

Foi quando observei que, em todas as certidões, constava apenas o nome da mãe. Aisar nunca reconhecera nenhum de seus filhos perante a lei. Para o Estado, Aisar era solteiro e sem filhos.

- Por que o nome de seu ex não está no lugar do pai de seus filhos, aqui nas certidões de nascimento?

- Não sei, Doutor. Na verdade, eu nunca fiz questão, nem ele. Sempre fui eu que registrei as crianças e ele nunca reclamou. Como ele nunca falou nada, eu sempre registrei só com o meu nome.

Que estranho. Nunca vi isso. Tamanho desprendimento por parte da mãe, ou desatenção por parte do pai... Não entendo. Sofia parecia achar tudo normal.

- Sofia, você nunca pensou que o nome do pai seria importante para as crianças quando elas estivessem na escola, ou mesmo na idade adulta? Um pai é mais que um nome e uma presença. Um pai é a segurança de uma família constituída, para uma criança.
- Meus filhos nunca precisaram de pai no papel. Eles têm um pai, chamado Aisar, que agora vive na China, e logo voltará para o Brasil. Eles falam pelo telefone com o pai. Os amigos deles conhecem o Aisar, sabem que ele é o pai de meus filhos. É o que basta. Para quê mais?
- Isso dificulta o pedido de pensão para as crianças. Vamos ter que provar que ele é o pai, principalmente se ele decidir não pagar o devido.
- Bom, eu posso trazer os boletins escolares. Ali tem assinaturas dele, como pai.
- Cadernos das crianças, tem bilhetes dos professores pedindo a assinatura dos pais?
- Têm. O Aisar, sempre que podia, assinava os bilhetes dos professores. E meus filhos são muito espertos e peraltas, tem muitos bilhetes nos cadernos. Isso é prova que ele é pai?
- Mais ou menos. Pode ajudar. Vocês compraram alguma coisa juntos?
- Não. O que eu comprava, era eu que comprava. O que ele comprava, era sempre ele que comprava. Nada, que eu me lembro, foi comprado pelos dois, com o nome dos dois. A gente nunca se ligou nessas coisas. Eu acho que a gente tem que seguir vivendo.
- É, mas aí não temos tantas provas documentais.
- Pois é, Doutor.
- Mas você é inteligente. Não entendo como foi dar marcação, desse jeito!
- Ah, eu sou assim, não gosto de ficar pondo tudo certinho. O que eu quero, sempre, é viver a vida, saborear a vida.

Seu rosto irradiou alegria. Ela sabia como convencer. Talvez por isso eu acreditasse tanto naquela cliente. Passei, cada vez mais, a achar que tudo iria dar certo no final. Que nem contos de fadas e novelas de televisão. Tudo iria se resolver no último capítulo. No último dia. E até lá? Enquanto não chegasse o dia, a agonia...

- Sofia, você tem fotografias de família? Sabe, aquelas fotos em que você está com o Aisar e os filhos brincando, fotografias assim.
- Tenho Doutor.
- Os negativos?

- Também tenho. Eu devo ter os negativos de todas as fotos, porque quando tenho um tempinho sem fazer nada, eu gosto de olhar os negativos. É uma coisa que eu gosto desde pequena, sempre gostei de ver negativos.
- A vida pelo avesso.
- Pode ser. Talvez seja isso que me faça gostar dos negativos. Nunca pensei. Mas como sempre vivi na contramão, deve mesmo ser por aí...
- Tem alguma fotografia aí?
- Tenho aqui só fotos bobas. Amanhã eu volto com bastantes fotos, o Doutor vai poder ver.

Fui depois para casa. Estava inspirado. Aproveitei para preparar um frango com maçãs, um prato de minha criação. A receita está no final da história.*

IV

As fotos. Tinha de tudo. Tentei não prestar atenção demasiada, precisava manter o respeito. Digamos, a devida distância, nada de achar bonitinho, engraçadinho etc... mesmo que isso me custasse um tanto, no mais das vezes.

Aproveitei para preparar um chimarrão. Estava uma fria manhã. Minha secretária sabia a temperatura da água, pedi para ela aquecer. É que, a água não pode vir fervendo, porque senão queima a erva. E não pode vir fria, senão o sabor e o aroma não sobem. Deixei a cuia descansando com a erva, enquanto não chegava a garrafa térmica.

- Doutor, o senhor me desculpe, não sei que foto interessa ou não. Mas como o senhor é meu advogado, achei melhor mostrar todas. Talvez o senhor tenha utilidade para elas.

Gostaria de dizer que valiam muito. Mas precisava ser bem educado. E afinal, elas poderiam mesmo ter alguma utilidade no processo. Usando-as com sabedoria, não seriam talvez necessárias. Eram demais, registros de batizados, festinhas de aniversário, churrascadas, criança sentada no vaso sanitário, tudo! Chegou um momento que eu já não conseguia mais olhar fotografia nenhuma. Porém, nem chegara na metade. E nem sequer estavam separadas por datas ou assuntos...

- Sofia, você tem essas fotos que podem ser úteis. No entanto, eu gostaria de centralizar nossas atenções nas poses de família, onde você e o Aisar estejam com os filhos, seja brincando, fazendo pose, assistindo televisão, sabe, essas coisas...
- Sim, Doutor, todo o resto das fotos estão aqui. Os envelopes brancos são os que o senhor está querendo. Os negativos estão nos envelopes amarelos.
- A senhora... Opa!... Você sabe de que foto é cada negativo?
- Eu vou precisar fazer isso?
- Bom, pelo menos das fotos que eu escolher.
- Tá. Então o senhor vai escolhendo as fotos e eu vou achando os negativos.

Sofia tinha uma prática tão grande com os negativos que, a cada foto escolhida, rapidamente ela sabia onde estava o correspondente inverso. Ficamos fazendo isso por muito tempo. Sorvi o chimarrão com vontade. Existiam outros clientes, mas nenhum era tão interessante. Até que minha porta sentiu as pancadas da secretária e foi aberta:

- Doutor, o senhor tem audiência no Fórum daqui a dez minutos.
- Nossa! Sofia, a gente continua amanhã, pode ser?
- Sim, Doutor. Posso deixar as fotos aqui?
- Claro, vou pedir pra secretária guardá-las na sua pasta do arquivo.

-   Minha pasta? Eu tenho uma pasta com o meu nome?
-   Tem, Sofia. Por favor, vamos sair.
Rapidamente, vesti meu paletó e despachei minha cliente. Deixei-a resolvendo o que precisasse com minha hábil secretária.

....

Eram quatorze horas, o sol já queimava e eu carregava minha mala marrom de advogado até o Fórum, duas esquinas adiante. Meu terno preto deslizava com o vento que se formava pelo meu modo de andar, rápido e sinuoso, tentando não tropeçar nos buracos da calçada.

V

Retornei para o escritório. Preparei vagarosamente outro mate na cuia e pedi para minha secretária aquecer a água. Sorvi o chimarrão com vontade.

- Doutor Leopoldo, está na minha hora.
- Até amanhã.

Fui para casa jantar um bife com salada. Logo voltei ao escritório, fazer serão. Passei uma semana nessa agrura, dedicando minhas horas livres a pensar no caso da mulher do chapéu. Minha esposa começou a achar-me estranho, no ar.

- Você está bem?
- Estou, estou. Só preciso pensar.
- É algum caso complicado?
- Complicado não: fascinante.

VI

EXCELENTÍSSIM_ SENHOR_ DOUTOR_ JUIZ_ DE DIREITO DA _
VARA CÍVEL DA COMARCA DE CARAGUATATUBA, estado de São Paulo.
IZAAR de Arruda Almeida, ZAÍRA de Arruda Almeida, ZAARI de Arruda Almeida, AZAIR de Arruda Almeida e IZARA de Arruda Almeida, menores impúberes, representados por sua genitora, SOFIA de Arruda Almeida, brasileira, solteira, costureira, com residência e domicílio nesta cidade, e ela mesma, por seu Advogado, vêm propor a presente AÇÃO DE ALIMENTOS contra AIZAR Rodrigues Silva, brasileiro, solteiro, corretor da bolsa de valores, residente e domiciliado em Taiwan, Formosa, conforme endereço em documento anexo.

Informei os fatos conforme relacionados por Sofia, porém no jargão de minha profissão. Na hora de demonstrar as despesas, descrevi-as mensalmente e anualmente, pois não sabia como era o sistema em Formosa. Como havia falado para Sofia, pedi 30 salários mínimos! Cinco para cada filho e cinco para ela. Eu sei, ela disse que não queria nada para si, queria só pra filharada. Mas sabe como é, todo advogado sempre quer mais. E aí, decorre um clássico silogismo: sou um advogado, portanto sempre quero mais.

O problema era a citação do réu. Quero dizer, o ex da minha cliente precisava saber do processo, arrumar advogado que o defendesse e ter a representação suficiente aqui em Caraguatatuba...

Busquei nos livros. Nunca havia recebido um caso parecido. Foi então que descobri a *Carta Rogatória Para A Citação Do Réu*. Mágica! Tudo estava resolvido. Oba! *Devagarzinho, devagarzinho, a gente ainda beija o santo.*

....

Só algumas semanas depois foi que descobri que a citação por carta rogatória não tinha valor de obrigatoriedade. Ele ia responder se quisesse. E mais: havia a necessidade do pedido passar pelas mãos das autoridades judiciárias de Formosa, chegar à comarca onde ele estivesse morando etc. Eu não sabia se as autoridades iriam, ou não, aceitar a citação de um estrangeiro que estivesse estudando por lá. Ou trabalhando, sei lá. Ou vadiando. Se o Aizar estava mesmo lá... Poderia estar no Japão, na Itália, ou até mesmo no Brasil.

Mas se estivesse mesmo em Formosa, naquele endereço que enviei para o Juiz... Será que ele estava ilegalmente no país? Legalmente? Será que sei lá??? Eu já não sabia mais de nada. Não tinha certeza de mais nada. Não sabia o que dizer para Sofia. Era só esperar, esperar e esperar. E dizer que ela aguardasse, pois já se tratava de Direito Internacional aglomerado com o de Família, e tal fato apenas agravava e incluía mais e mais delongas no processo...

Eu era um bom advogado.

VII

Aizar estava na China. Foi citado. Impostor por impostor, é melhor buscar o doutor. Decidiu por dois: um chinês, Dr. Li Fu Shin, e um brasileiro, Dr. Hércules Caijassara. Dessa forma, defendeu-se. Aliás, sua contradita afirmava que estava passando por uma séria crise, e que não tinha sequer o dever de pagar pensões, pois não era o verdadeiro pai das crianças.

E agora?

- Doutor, ele é o pai, sim, eu sei!!!
- Nada melhor que uma Ação de Investigação de Paternidade. Pediremos o exame de DNA!
- Será que ele vai aceitar?
- Isso é que são elas...
- Quanto isso vai custar para mim? Eu sei que é outra ação já, não é?
- A senh... Desculpe!!! Você é muito inteligente. Infelizmente, por minha profissão, terei de cobrar mesmo uma nova ação.
- O doutor pode fazer mais um carnezinho?
- Claro. Enquanto isso, tome um chá de erva-doce, está na garrafa térmica aí do seu lado.

Coisas incríveis acontecem. Meses se passaram, com pedidos do Brasil e recusas de Taiwan, até que, num dia de chuva, recebi a correspondência da Associação dos Advogados constando o recorte em que Aizar desistia da contradita e confirmava sua paternidade. Ele amava seus filhos. Achei que seria o ponto crucial para pedir a pensão. Imediatamente, a chuva parou.

Não passaram mais que quatro dias, e Sofia chegou esbaforida em meu escritório:

- Doutor, o Aizar vai levar minhas crianças para a China!!!
- Ele está com elas?
- Não, ainda não. Mas ele conversou comigo num bar, só eu e ele. Aí ele falou que tinha uns cupinchas, sabe? Aqueles caras fortões, do tamanho de um armário!!! Ele disse assim: *Olha pra trás, que você vai ver os oito numa mesa só*. Olhei pra trás e ouvi ele dar três batidas na mesa. Os oito olharam pra mim, tudo com cara de bandido. Doutor, estou com medo!!! Ele quer levar os meus filhos de mim!!! Me ajuda, Doutor!!!

Senti que Sofia estava pedindo demais para mim. Como eu poderia falar isso pra ela? Era como formiga debaixo da pata de um elefante, pedindo pra uma lagartixa ajudar a tirar o pé de cima dela. O pé do elefante, quero dizer.

Imediatamente, fui ao computador e redigi um pedido à magistrada para que enviasse proteção policial à minha cliente, expondo os motivos.

Fui ao fórum, e Sofia quis ir junto. Enquanto ela ficou do lado de fora, fui direto à sala da juíza, a fim de agilizar o processo. Tudo foi rápido.

Sim, tudo foi rápido, mas quando Sofia chegou em sua casa, a porta da frente estava aberta, e nada de criança. Os bandidos foram mais ágeis que a Justiça.

Ai, ai, ai, dos que advogam nesta terra... Lá fui eu redigir uma Ação de Busca e Apreensão, enfiando no rol dos locais desde a suposta casa de Aizar no Brasil até os aeroportos mais próximos. E corri mais uma vez para o fórum. Promotor, juíza, oficiais de justiça e reforço policial: todos se mexeram.

Não sou de me meter muito nessas coisas, mas a intuição deu-me o saber que as crianças já estavam no aeroporto de Cumbica. Falei com os policiais e lá fomos. Finalmente pude conhecer o homem. Ao vivo, de perto. Aizar estava lá, junto com os bandidos e toda a criançada!!! Ele era baixinho, magrinho, bem mais calvo nas entradas e no cocuruto do que aparecia nas fotografias. O que lhe sobrava de cabelo era comprido, liso e cinzento. Seus companheiros eram realmente bastante corpulentos. Todos usavam cabeças raspadas. Já estavam a caminho do avião. Foi mandado que parassem e eles correram! Um dos policiais deu voz de prisão. Nada mudou, cada bandido levava uma criança no colo, e os outros a bagagem.

Tiro: PÁU!!! Um dos bandidos foi pego na perna. Ele caiu, junto com a Izara. O pânico tomou conta do aeroporto. Já tinha gente no chão, protegendo suas crianças. Aizar foi o único que entrou no avião, levando uma maletinha, e partiu. Os bandidos foram presos. As crianças, pude-as então observar, todas tinham olhinhos puxados, pareciam índias. Tal qual nas fotografias. Lindinhas. Foram correndo para a mamãe.

VIII

Chamei o João e o Gaúcho no meu escritório. Falei pra eles:

- Recebi um telefonema esta manhã. Fui ameaçado.
- Quem te ameaçou?
- Um daqueles amiguinhos da contraparte de minha cliente. Deve ser algum cupincha do Aizar.
- Quem é o Aizar?
- Uma longa história...
- Bom...
- Não sei. Ando meio sem saber o que fazer da vida.
- Ora, você é um advogado! Isso não é o bastante?
- É, mas sei lá. Acho que estou cansado, algo me traz engulhos ao pensar no bando de casinhos medíocres aos quais sou obrigado a me envolver. São pessoas preocupadas em conseguir um dinheiro em troca de sua própria dignidade, pessoas tentando conseguir dinheiro pra não precisar mais trabalhar, dinheiro, dinheiro, dinheiro...
- Mas dinheiro é necessário. Não é nenhuma vergonha.
- Eu sei, eu sei. Mas é que...
- Não tem o que pensar, você matuta demais!
- Não é que não se deva pensar no que compra nossas roupas e comida, mas quando isso passa a ser para alguém o objetivo maior de sua vida, é porque alguma coisa não anda bem. Concordo que o país anda em crise financeira, que todo mundo precisa de algum, mas é que há um pensamento fixo nessa questão. E os que me procuram são sempre tão próximos da mesquinharia... E lá vou eu trabalhar para ganharem essas mesquinharias. Um bando de vampiros!!!
- Vampiros estão no topo da cadeia alimentar, meu amigo, alguém já disse isso.
- Ô, João! Foi naquele filme ianque, *Blade, o Caçador de Vampiros*.
- Não, Gaúcho, foi no *Blade 2*!
- Não importa. Isso é mentira! Até andei comentando isso com a minha terapeuta. Os vampiros não estão no topo da cadeia alimentar, eles são parasitas! Nada produzem, apenas retiram. Essa gente só tira o sangue de nós, advogados, e pra pagar são um custo!
- São os ossos do ofício. A gente também têm disso. Eu não ganho as horas extras que faço, o João tem que aguentar gente com nariz em pé, todo mundo tem seus ratos. Ou melhor: seus vampiros!
- É, Léo, o que nos salva, nas nossas profissões, é que em cada oitenta casos mesquinhos entra um que vale a pena.
- No meu caso, uma senhora de chapéu.
- Então, Leozinho, aí nos dedicamos!
- E com redobrado vigor!

- O que nos levanta são os honestos.
- Leopoldo, me diz: quanto aos bandidos, foram presos, não é?
- É, mas vocês sabem como é. Colegas meus de profissão os trouxeram de volta à liberdade, doce liberdade... Comecei a ter medo de represálias. Pedi à juíza proteção policial, mas foi negada. Recorri e nada adiantou. Eu estou entregue a sabe-se lá o quê!!! Ou a quem... Inclusive, acho que quem me telefonou foi um desses ex-presidiários de minuto.
- Vamos chimarrear!!! Afoguemos as nossas mágoas no mate!!! O Gaúcho prepara. Enquanto isso, vamos pensar na defesa física do Leozinho.

IX

Aizar não era mais achado. Desapareceu. Sabia-se que o avião em que partiu fora para a Suíça. O destino, um hotel com reserva. Mas ele não ficou no hotel. Passou por lá, parece que pagou a reserva e rumou para outro cantão do país.

- Sofia, você tem o endereço do pai do Aizar?
- Tenho, doutor, ele mora em São Paulo, no Brás. Me dá um papel que eu escrevo pro senhor.
- Está aqui.

Não houve problemas para encontrar o pai. Era um conhecido comerciante no bairro, muito próspero em filhos, mulheres, bens duráveis e dinheiro. O mesmo montante que Aizar pagara até então, seu pai continuou. Sem pestanejar, com a maior naturalidade do mundo, sabendo do filho que tinha. Além da pensão, começou a mandar presentes para a criançada.

Dos bandidos, não tive mais notícia. Ainda bem. Por enquanto.

X

A notícia veio mais rápida que fofoca! Aizar voltara para o Brasil, ficara por aqui alguns meses, e agora tinha sido preso no Aeroporto Tom Jobim, no Rio de Janeiro. Ele estava para embarcar para a cidade de Nova Iorque, nos Estados Unidos, quando descobriram um "esquecimento" de sua parte: como poderia? Um homem tão honesto... 100 mil reais não haviam sido declarados para a Receita Federal do Brasil. Será que ele se distraiu?

Dizem que Aizar optou por uma fuga súbita. Isso não posso ter certeza, mas parece que ele tinha diversos colegas de profissão armados com revólveres e escopetas, na hora, que o ajudaram a escapar. Dizem que eram uns vinte! Houve um tiro: PÁU!!! Saiu outro e mais outro. Ele fugia junto com a sua turminha e o pânico tomou conta da multidão. As pessoas se jogavam ao chão, protegendo as crianças, de pé só ficaram os que corriam. Os policiais que estavam do lado de fora do aeroporto foram mais espertos, agarrando o não-declarante já na porta de um dos automóveis, que saíram em disparada. Ele foi agarrado pelas pernas e arrastado, enquanto o seu carro sumia no horizonte, com a porta aberta. Todos os amiguinhos o abandonaram... Claro! Diversas viaturas seguiram os carros, mas todos despistaram a polícia. O único preso foi Aizar.

Interrogado, negou tudo, de início. Sentindo-se pressionado, após horas, começou a dar o nome de todos os seus amiguinhos, um por um, com endereço para citação. Todos foram encontrados e levados em algemas para a prisão. Ficaram em celas separadas da de Aizar. Oito deles eram aqueles bandidos que eu tanto temera. Um dos quais, o que me ameaçara, segundo penso.

Todos foram levados para o Presídio Estadual Ary Franco, mas Aizar permaneceu menos de um dia: ao chegar em seu cubículo, foi reconhecido por alguns antigos clientes, que convenceram os outros a espancá-lo em regra! Foi uma ação rápida, mal deu tempo para a carceragem pensar em conter. Não sobrou o que contar. Teve de ser levado ao hospital, onde ficou em estado de coma.

Sofia, mesmo sabendo de todas as falcatruas, foi logo visitá-lo e levou os filhos. Tentaram conversar com ele, durante os primeiros dias. Desfiavam histórias, cantavam para ele, assistiam juntos os desenhos animados. Todos os dias, Sofia levava os filhos para contarem como foram na escola. Nos finais de semana, oravam em família, dentro do quarto. Tentaram de tudo, levaram até Pai-de-Santo e benzedeira. Nada funcionou. Depois de um mês, Aizar acordou e levantou. Andava pelo quarto. Delirava. Disse:

- Tenho tremor de frio e dor no coração. Quero pinga com pacuvá e mel!!!!

- Aqui está, amor. (Sofia deu-lhe um copo com água. Ele bebeu tudo de um gole.)
- Estou arriando meu cavalo. Agora vou correr. VAI, BUNITO!!!
- Volta, meu bem! Vem pra cama.

Aizar voltou a deitar, silenciosamente. Colocou suas mãos sobre o peito. Toda a filharada foi pedir bênção para ele. Ele deu. Na hora da esposa, foi o gemido:

- Gente! O pai morreu...

O laudo médico constatou espancamento com diversos hematomas. Como causa da morte foi dado traumatismo craniano. Agentes do presídio foram ao Instituto Médico Legal, a fim de localizar os médicos legistas responsáveis pela emissão do laudo. Não foi difícil achá-los, não havia nenhum motivo de vergonha por parte deles, o laudo estava correto. O espancamento na prisão acontecera por ação rápida.

Os amiguinhos tiveram advogados experientes, que os livraram da cadeia. Tive dó de Aizar. Apesar de tudo, fora um bom pai. Ausente, nos últimos tempos, é verdade, mas por fraquezas pessoais. O que pôde fazer pelos filhos, fez. Quem somos para acusar?

XI

Passou-se pouco mais de um ano. Fiquei pensando, cá comigo, essas cinco crianças cresceriam sem um pai. Minha cliente, ao vir pagar a parcela dos carnês, me viu. E como que adivinhando meu pensamento, entregou:

- Doutor Leopoldo, acho que o senhor não sabe, mas tenho que falar. Estou de namorado novo, o Lariel, já faz dois meses. Ele é dono de uma loja de informática, aqui em Caraguá. Ele tem 42 anos.

XII

Passaram-se mais cinco ou seis meses, mais ou menos, e Sofia voltou ao meu escritório para apresentar o futuro marido: gordo, alto, cabeludo, uma trança de cada lado, pele avermelhada, uma bela camiseta preta com o Led Zeppelin na frente e por cima uma social aberta, dando pra se ver a banda de rock, camiseta preta também, seda reluzente. A calça, não podia deixar de ser uma boa rancheira, alguns números maior que ele, com um cinto azul, completada por um tênis de marca.

Fazia um discreto sol e o vento batia de leve. Sofia estava de salto, saia vermelha e camisa branca, com botões frontais. Usava um lencinho no pescoço e um xale dourado, além de um belo chapeuzinho. Eram a fera e a bela:

- Doutor Leopoldo, este é o meu noivo, o Lariel! Lariel, este é o meu advogado, o Doutor Leopoldo! Ele que conseguiu a pensão pros meus filhos.

- Prazer, Lariel, é uma grande honra conhecê-lo. A Sofia me falou muito bem do senhor.

- O prazer é meu, Doutor. Eu tô vendo que o senhor tem um bom computador... Mas seria bom dar uma atualizada. Se precisar qualquer coisa, este é o meu cartão.

- Obrigado.

Sofia, sempre muito esperta, entendeu logo que seu futuro marido poderia destruir o clima que ela planejara. Rápida, não teve dúvida: mudou o assunto:

- A gente vai se casar daqui a um mês, num sábado.

Esqueci de falar da bolsa que ela estava levando, que já não era a mesma da primeira vez que viera até mim. Abriu-a discretamente e colocou sobre a mesa, na minha frente, um convite muito branco, cheio de furinhos e rebordos, que se abria e mostrava impressos os nomes dos pombinhos. Era para o religioso, na igreja que o Lariel frequentava.

O civil ia ser bem simples, de manhã:

- O Doutor está convidado. Toda a sua família está convidada. O senhor eu quero que seja meu padrinho lá, vai ser às 11 horas. Depois, cês vão todos para nossa casa almoçar, nós vamos fazer um churrasco. Depois, cês vão com a gente para a igreja, que é três casas depois da nossa casa. E vão também ficar pra festa e pro bolo, que vai ser na nossa casa, mesmo.

- Bom, eu preciso ver ...

- Não tem que ver nada! O Doutor tem que ir! Nós estamos esperando o senhor lá no Cartório, com a família toda. Vai, sim!!!

POSLÚDIO

A última vez que vi Sofia, sim, a última vez, eu estava com minha família na Pizzarte, comendo pizzas de muçarela com borda recheada de calabresa moída, à noite, e do lado de fora ela me viu. Entrou. Estava sozinha. Cabelos longos e cacheados. Imensamente grávida.

- Doutor, conheça Ariell.
- Onde?
- Aqui, Doutor, na minha barriga.
- Ah, sim. Ariel? Oi, Ariel!
- Com dois eles. Ariell.
- Oi, Ariell!!!

Cumprimentamo-nos.

Ela me mostrou cinco documentos: eram as certidões de nascimento de seus filhos, com o sobrenome de Lariel incluído nos nomes de cada um. Seu atual marido havia reconhecido judicialmente a todos como seus filhos. Com isso, ela teve que, inexoravelmente, renunciar à pensão que tão custosamente conseguíramos, a qual vinha recebendo do pai de Aizar. Mesmo assim, o *vozão* continuava mandando presentinhos. Minha esposa conversou alguma coisa com Sofia e ficaram emocionadas.

Meus filhos já haviam devorado as pizzas, e esperavam a chance para pedir mais um guaraná. Sofia contou que estava aproveitando o tempo livre para aprender a dirigir e também completar o segundo grau. Seu marido, segundo entendi, iria também voltar pra escola e completar o segundo grau, assim que ela se formasse.

A agora senhora Sofia havia, uns cinco meses antes, terminado de pagar o último carnê. E sempre pontualmente, como fez desde o início. Seu marido era quem ia ao escritório para acertar, segundo contou minha secretária.

Depois que Sofia se foi, ainda a segui com os olhos, vendo-a atravessar a rua com languidez, aguardar uns instantes e entrar num carro que parou. Era uma velha Brasília creme. Dentro, estava Lariel com os cinco filhos. O mais velho foi para o banco de trás, na maior bagunça. Ela sentou-se devagar no banco da frente, ao lado de seu esposo. Colocou o cinto de segurança com dificuldade, falou qualquer coisa que eu não consegui saber e ele respondeu com a cabeça afirmativamente. Só então o carro partiu. A pequena Izara ficou olhando pelo vidro de trás para a pizzaria.

* FRANGO COM MAÇÃS:
Utilize uma panela alta, com tampa.
Corte filés de peito de frango, sem pele, em fatias finas, sempre respeitando o fio do corte; assente os filés no fundo da panela, cobrindo-o por completo.
Sobre os filés, coloque as maçãs, cortadas com casca, em fatias como se fossem de mexerica, cobrindo todo o frango. Sobre as maçãs, devem ser espalhados pedaços de pimentão vermelho, cuidando para que não sejam incluídos o miolo com sementes e nem as nervuras.
Sobre os pimentões, fatias finíssimas de cebola, cortadas de topo, cobrindo todo o pimentão. Coloque no fogo mínimo, tampe e esqueça um pouco.
No fogo forte, faça um chá de 2 copos com folhas secas de hortelã, muitas, e bem picadas. O chá deve ficar muito forte! Coe e misture o sal.
Tire a tampa da panela e despeje a solução, vagarosamente, espalhando-a bem. Deixe ferver e desligue. Coloque azeite a gosto. Tampe e deixe descansar por dez minutos.
Enquanto descansa, escalde uma bonita e grande travessa de porcelana. Depois a deixe muito bem seca.
Tire então os pertences com uma escumadeira, expondo-os com muita arte sobre essa travessa.
Delicie-se.
O caldinho que sobrar na panela, deve servir-se em pequeninas cuias, para ser tomado à moda japonesa, após o frango. Aproveite a suprema delicadeza da hortelã com azeite e sal.

53

2. O caso do avô do Doutor Antonio de Vasconcelos

I

A história que vou relatar vai colocar um ninho de passarinho na sua cabeça; é como se você se visse andando, andando e correndo, até que, quando menos esperasse, abrisse os olhos e já estivesse no cemitério. Na verdade, não é um caso de morte, embora dependa dela.

Estamos em 1999. Havia um rapaz chamado Josias Amaral, que se formou em publicidade e propaganda alguns anos antes de nós entrarmos para a faculdade de Direito. Apesar de ser dono de uma pequena agência, não sabia viver por si, era como um chupim, uma sanguessuga. Assim, o fato de ser amigo de Paulo era uma forma de parecer que pertencia ao mesmo patamar social que meu colega. Dava-lhe a sensação de pertencer a um Poder, embora soubesse que não era parte, apenas era usado. Mas não se incomodava, sugava o que conseguia das pessoas que o exploravam. Como Paulo, Josias também tinha muitos contatos em seu meio, que o tornavam útil para qualquer comandante. Um deles era o Tonico. Bom, o nome dele era Antonio de Vasconcelos, mas na família todos o chamavam de Nico ou Niquinho. Quando ele se formou em medicina, casaram-se e ele começou a ser chamado pelo povo como Doutor Antonio.

II

Tudo começou no dia em que o Dr.Antonio de Vasconcelos entrou em nosso escritório de Advocacia. Terno marrom, camisa amarela de bolinhas brancas, malinha de médico na mão esquerda. Cardiologista conhecido na cidade, entrou com ar preocupado e perguntou a uma de nossas secretárias, a Marilice:

- Tem algum advogado à disposição neste momento?
- Não sei, preciso verificar.
- Tenho pressa.
- O senhor é o Dr. Tonico, não é?
- Sim, senhorita.
- Quer uma xícara de chá?
- Obrigado. Com duas colheres de açúcar, por favor.

Fui eu que o atendi, dois minutos depois. Ele foi direto ao assunto:

- Doutor, meu avô está desaparecido há mais de um ano. Ele saiu de casa para comprar cigarros e nunca mais voltou.
- O senhor chegou a verificar com a polícia?
- Claro! Utilizei de todos os meios possíveis para encontrá-lo... e nada, até hoje, quando completou um ano de sua saída.
- Seu avô tinha alguma, digamos, situação problemática com alguém de sua família?
- Imagina só, doutor, era bem querido por todos, sempre o tratamos bem!
- Alguma ... Desculpe, preciso perguntar...
- Vamos lá, responderei ao que for necessário.
- Perturbação mental, problemas de amnésia, esquecimento de eventos recentes?
- Nada, doutor, nada! Ele tinha 83 anos de idade e perfeita saúde!
- Visões, clariaudiência...
- Doutor!!! O senhor está tirando linha comigo. Está insistindo na hipótese de que meu avô tinha algum tipo de loucura, e eu já deixei bem claro que sua saúde era perfeita! Apenas saiu de casa para comprar os seus malditos cigarros e nunca mais voltou!!! Isso já faz um ano...
- Pois é, Dr. Tonico, vamos ter que fazer uma averiguação total. Passarei esse caso ao meu colega, Dr. Paulo, que é especializado em criminalística e sucessões. Minha especialidade é mais cível, administrativa e financeira, mas não costumo trabalhar com casos que envolvam dramas sucessórios. Pena sua ausência, está em audiência no Fórum e deveremos nos encontrar apenas no final da tarde. O doutor já preencheu a ficha cadastral com uma de nossas secretárias?

59

Leopoldo Pontes – Contos Jurídicos

III

Claro que eu mentira ao Dr. Antonio Vasconcelos!!! O Paulo não estava no Fórum, muito menos em audiência... Ele fora passar o dia no sítio de nosso amigo João. Eles haviam me convidado para churrasquear, mas eu não podia, porque... Bom, eu tinha que estar presente em uma audiência, justamente na hora do churrasco.

Paulo Coutinho era um tipo atarracado, musculoso, inteligente e líder já por natureza. Teve a formação escolar num colégio de padres, de onde saiu apenas quando entrou numa faculdade de Direito. Depois de sua formatura fez pós-graduação e alguns cursos de extensão.

Eu fora seu colega de faculdade, e quando nos formamos decidimos trabalhar juntos, abrindo uma firma de consultoria jurídica, contabilidade e advocacia. Não nos demos mal, graças aos contatos que meu companheiro de trabalho mantinha. Paulo era capaz de qualquer coisa para subir na escala do Poder. Ora, para mim o importante era desenvolver um bom trabalho, e os cinco anos de faculdade nunca me deram a crer que ele fosse tão estranho aos meus propósitos.

Meu colega, tendo ciência do caso, apenas comentou:

- Doutor Tonico, né? Vou tomar conta disto direitinho... Vamos rolar as pedras, finalmente.
- O que você quer dizer com isso?
- Este caso vai dar uma alavancada no nosso negócio.

Percebi que ele já não estava realmente falando comigo, mas consigo mesmo.

IV

Passado um mês, Paulo foi ao enterro do senhor avô do Tonico. Acharam finalmente o corpo já em decomposição, na cama de um chalé abandonado, na zona rural de uma longínqua cidade. A perícia constatou que se tratava da pessoa procurada. O médico Antonio, apesar de ser costumeiro em operações, teve uma súbita ânsia ao visualizar o próprio avô em tão deplorável estado e, rapidamente, virando-se, abaixando a cabeça e levando seu lenço branco em frente ao nariz, disse que conhecia o corpo, era mesmo seu avô. Não havia sinais de tiros, de alguma incisão com objeto cortante ou pontiagudo. Nenhum sinal de sangue nos lençóis. Tudo levava a crer numa morte natural. E assim foi registrado, como *causa mortis*. Paulo pediu para Josias investigar, e depois de um mês nada foi encontrado em contrário. Tudo confirmado.

Foi meu colega levar o atestado de óbito no registro civil, acompanhando o Dr. Tonico. Assegurou ao médico que iríamos fazer o inventário e todos os procedimentos necessários. Foi o que ele me disse. E me contou ainda mais. É que, depois, conversando já na rua, depararam-se com Josias. Dialogaram:

- Josias! Salve, rapaz! Que bom que você apareceu tão rápido... Nem deu tempo de esperar.
- É, Niquinho, você sabe que essas coisas são importantes pra todos nós, não é? Deixei a agência na mão da Marcela e da Júlia, elas cuidam de tudo até a chegada do pessoal.
- Você, sempre trabalhando com a mulherada, hein?
- É, os clientes gostam mais...
- Ó, malandro, acho que vamos ganhar uma boa grana. E o doutor vai aqui ajudar a gente.
- Eu???

Bom, isso foi o que meu colega Paulo relatou. Passo adiante como foi passado pra mim.

V

Naqueles dias, final dos anos 1990, eu estava mais interessado num caso de divórcio litigioso, mais de minha conta e especialidade. Por isso, acabei me desligando totalmente do Dr. Tonico. Mas notícia ruim o vento leva com a maior rapidez, e logo eu iria saber do ocorrido. Loureiro era contador. Formou-se com distinção no mesmo ano que nós. Era quieto. Loiro, magro como um varapau, porte afeminado e maneirismos de quem ainda está para sair do armáro. Irritadiço, mas sempre introvertido. Extremamente discreto, acho que era até capaz de passar no meio de um casal sem ser percebido. Veio para nossa firma e ficou: era o responsável por toda a parte contábil. Estava, por isso, totalmente a par dos acontecimentos. Falei com ele:

- Loureiro, não entendo porque o Doutor Tonico está vindo tão constantemente ao nosso escritório. Isso não é comum.

- Acontece que o Doutor Paulo tem insistido bastante nesse caso. É ele que sempre chama o Doutor Tonico pra cá. Sempre tem documento para ser investigado, coisa assim.

- O Paulo não costuma ser tão insistente.

- Eu sei, mas desta vez o negócio parece ser muito sério, Doutor. O que tem de livro e documentos pra eu verificar não é fácil! É muita detalhada de uma vez só! Aliás, esse caso está dando o que fazer.

- O Paulo já fez o assentamento?

- Sim, Doutor, em forma regular, como ele mesmo falou ontem para mim.

- Entendo.

Neste momento, entrou na sala meu colega Paulo:

- Vocês estão falando do caso do Doutor Antonio Vasconcelos?

- Sim.

- Posso dizer que estamos inventariando os imóveis do avô do Dr. Tonico.

Claro, isso levou meses...

Na hora de habilitar os herdeiros, uma longa lista foi declarada.

O médico mandou vender tudo! Todos os pequenos pertences do avô foram pra frente: carro, móveis, eletrodomésticos, tudo! O dinheiro ele aplicaria em "bens mais duráveis".

Ao mesmo tempo, Dr. Paulo obteve o alvará judicial e colocou à venda todos os imóveis que outrora haviam sido do avô de nosso cliente. Para isso, Dr. Tonico assinou permissão para que Paulo e Loureiro entrassem em contato com a imobiliária de Ulisses e pusessem todos os imóveis inventariados à venda. A relação era imensa! Casa de praia, casas e apartamentos de aluguel, terrenos, tudo! Tudo. Tudinho...

Ulisses formara-se em pedagogia para ter um diploma universitário, mas era o tipo do ignorantão, que desprezava os bons modos e adorava partir para uma briga. Por isso mesmo, só passara de ano e se formara por meio de estratagemas ilícitos. Mesmo assim, acabou sendo dono de uma imobiliária. Era de sua índole enganar os outros, entretanto, e nunca conseguia crescer nas vendas. Quase teve que fechar seu negócio, várias vezes, por pura falta de tato no comércio. Tinha muitos anos de musculação, pernas e braços grossos, costas largas, sendo o "homem forte" da turma. Não trabalhava para nós, eu só o conhecia por causa do Paulo, pareciam bastante íntimos, mas, eu mesmo, nutria por ele uma rejeição abissal! Não era algo que eu quisesse ter, mas tinha. Por fim, notei que se tratava de um sentimento mútuo.

Passaram-se mais alguns meses até a venda de todos os imóveis. Ulisses cobrou sua comissão de corretagem e, a nossa empresa jurídica, os honorários. Tudo, portanto, estava no mais perfeito juízo, nada desacatando a lei.

VI

Como já disse há pouco, não soube dos detalhes a não ser depois de tudo ser revelado. Portanto, os dados que relato são verossímeis na medida de meus conhecimentos.

VII

Passou o Natal. Respeitamos as férias forenses e viajamos. Paulo foi pro Guarujá, Loureiro foi pro sul de Minas e eu levei minha família para Morretes, no Paraná.

No primeiro dia após as férias, o Dr. Tonico começou a receber em seu consultório a visita quase intermitente do Oficial de Justiça, com uma série de citações, chamando-o a se defender por haver vendido o mesmo bem duas ou três vezes, ou mesmo imóveis que não lhe pertenciam por direito. Furioso, queria impetrar mandado de segurança ou qualquer ação que fosse possível contra tudo e todos. Claro que a bomba veio cair na minha mão:

- Desculpe, mas esses casos são da alçada de meu colega, o Dr. Paulo. Infelizmente, só no final da tarde.

O médico, insatisfeito, foi procurar meu colega no Fórum. E o achou lá, como não se podia esperar. Conforme eu fiquei sabendo, a conversa entre os dois foi muito dura e quase alterou os ânimos. De ambos. Dr. Tonico apenas terminou dizendo que não ia deixar passar tudo por nada. Ali mesmo no Fórum, firmou contrato com o Dr. Cássio, advogado recém-saído do exame da OAB. Eu já o conhecia. Seu terno ainda cheirava a coisa nova, seus cabelos rigorosamente penteados e sua clientela cabia nos dedos das mãos:

- Dr. Tonico, ingressemos com uma ação contra a imobiliária.

VIII

Ao receber a ação, Ulisses ficou uma arara!!! Sem demora, veio até nosso escritório. Da minha sala, eu o ouvia gritando com a secretária:

- Marilice!!! Cadê o Paulo???
- Doutor Paulo está no Fórum e só poderá retornar no final da tarde.
- Tá, Marilice, não vem com conversa furada!!! Pra cima de muá, nem brincando!!! Quero falar com o Paulo agora!!!

Ao ver que a situação poderia piorar, meu colega imediatamente saiu da sala e foi levar Ulisses para caminhar até a padaria. Acalmou o brutamontes e voltou sozinho.

- Vamos ter que defender o Ulisses. Ele tá mais sujo que pau de galinheiro.

Nosso colega Dr. Cássio buscou ajuda com um advogado mais velho na profissão, Dr. Emiliano, daqueles que usam gravata até em festinha de aniversário dos sobrinhos. Na verdade, Emiliano é dos que honram a profissão, conhecido no Fórum mais pela sua honestidade, educação e boa escrita do que propriamente como mais um advogado. Com sua prática forense, logo percebeu a necessidade de investigar mais a fundo o caso e acabou chegando à conclusão de que mais cabeças deveriam rolar por esse processo.

Nossa empresa jurídica foi citada e meu colega, Dr. Paulo, exclamou:

- Como isso aconteceu? *Absurdum absurdi*!!!
- Você não apresentou o atestado de óbito?
- Sim.
- Não fez o assentamento de forma regular?
- Sim.
- Fez o inventário?
- Claro, eram imóveis pra caramba! Você viu o lucro que tivemos nesses últimos meses.
- Habilitou os herdeiros, obteve o alvará judicial e colocou tudo na imobiliária do Ulisses para ser vendido. Lembro-me. E agora o Ulisses tá mais sujo que poleiro de papagaio!!! Você que disse...
- Sim. Você sabe disso, porque comentamos aqui no escritório, quando de nossas reuniões diárias.
- Você então não fez nada ilegal. Não há o que temer.

71

IX

Uma semana depois, eis que o avô do Dr. Tonico adentrou pelo seu consultório.

- Vô!!! O senhor não morreu!
- Obviamente que não. Viajei um pouco.
- Mas por que o senhor não nos avisou? Já fazem acho que dois anos que o senhor desapareceu... Sabia que encontramos um corpo que achávamos que era o seu, e que legalmente o senhor está morto e enterrado?
- Vocês, médicos, sempre teimam em tirar conclusões apressadas!
- Não é isso, vô, é que...

Dr. Emiliano aconselhou Dr. Cássio a propor ação contra o Estado, responsabilizando-o pela falsa certidão de óbito. Afinal, o avô do nosso cliente estava vivo, o que contrariava tudo o que ocorrera depois.

- O corpo que identifiquei, então, não era de meu avô! De quem seria?
- Vai saber, Dr. Tonico! Vai saber...
- Não entendo!!!
- De qualquer outra pessoa, menos ele.
- Não creio! Como pude me enganar?
- Acontece, meu caro. Com isso, todas as outras ações a que o senhor foi citado, Dr. Tonico, deverão ser suspensas. Será um período de trégua entre os compradores do terreno e o doutor. O que eu quero ver é como se safará aquela empresa de advocacia.
- Mas não houve falhas profissionais... Isso pode ser detectado?
- Pode, mas parece que o jogo foi muito bem armado. Gostaria de crer, tal como o senhor, que nenhuma falha profissional ocorreu.
- Então, houve tais falhas. Entendi.
- Bom, não necessariamente.
- Você está escorregando muito, Doutor. Pior que sabonete! Não poderia ter sido obtido com a polícia um atestado de morte, antes de se fazer o atestado de óbito?
- Mas foi buscado. O que destrói a prova de sua morte é a sua presença viva. Não há sequer necessidade de um atestado de vida, já que na audiência o avô estará presente, com os documentos pessoais, sua assinatura e seu dedão impresso na hora, para ser conferido por especialista se é o mesmo dos documentos.
- Os oficiais de registro civil!!! Aí é que entra o jogo... Como é que eles puderam preencher um atestado de óbito, sem prova de morte?
- *Verba volant, scripta manent.* As palavras ditas voam com o vento, as palavras escritas permanecem no papel. Preencheram apenas com a palavra sua e de seu advogado.
- Dr. Paulo?
- Exato. As formalidades exteriores foram todas cumpridas.
- Podemos ir ao cemitério, verificar...
- Não há o que fazer lá. O nome de seu avô está lá, como se morto estivesse.
- É, ele foi agora pela manhã visitar seu próprio túmulo, e voltou para casa dando risada. O pior foi a gozação que ele fez de mim, na frente de toda a família.
- Ele já sabe que todos os seus bens foram vendidos sem a sua anuência?
- Ainda não... Acho... Não sei como contar isso...

XI

O certo é que passamos um período péssimo em nosso escritório! Ninguém mais confiava no meu colega. Até eu mesmo comecei a desconfiar dele. O Tempo passou, entretanto. Com o Tempo, as mágoas e desconfianças foram-se passando. E a clientela voltou. Novas cabeças, novos clientes. Enquanto isso, meus fios de cabelo iam se tornando mais brancos, e os de meu colega mais ralos.

É.

3. Posfácio

Os dois contos foram escritos de forma totalmente baseada em casos reais, de quando eu trabalhava como advogado, misturados com alguns casos fictícios. Qualquer nome que corresponda a pessoas reais é pura coincidência, e, ao final e ao cabo, as histórias são produto de minha fértil imaginação.

Eles foram escritos há muitos anos, logo após minha aposentadoria. Naquela época, o Judiciário não era ainda informatizado, como hoje, e as peças tinham um estilo de escrita mais cheio de reme-remes. Não se começava escrevendo, simplesmente, "Ao Juiz de Direito da Vara Cível de __________.

Havia toda uma necessidade se se utilizar um repertório de palavras, um jargão, como se dizia na faculdade, incompreensível ao cidadão. Hoje em dia, felizmente, o Judiciário está aberto a peças mais objetivas, que sejam compreendidas ao geral do povo. De uma certa forma.

São contos escritos com sinceridade e simplicidade, dentro de minhas possibilidades. Espero que tenham sido de vosso agrado.

LP III

Caraguatatuba, junho de 2021.

Sobre o autor.

Leopoldo Luiz Rodrigues Pontes é meu nome. Nasci às 4 e meia da manhã, do dia 4 de abril de 1958, no bairro da Lapa, na cidade de São Paulo.

No final dos anos 1970 e início dos 80, publiquei uma série de livros de poemas, por conta própria, na base do mimeógrafo e do off-set. Os principais foram: "Paixões Remuneradas", "Sobre Rio Claro" e "Já que Tá, então Fica". Tentei fazer alguns para educação popular, mas não foram para frente, nem os de arte em mimeógrafo.

Enveredei pelas artes plásticas e pela música. Fiz várias exposições individuais e participei de coletivas. Fui solista de guitarra e cantei, em várias bandas de rock que não duraram quase nada.

Individualmente, toquei vários outros instrumentos, não só de corda, mas também, muito mal, de sopro e percussão. Sempre de ouvido, embora tenha estudado profundamente música, o que ainda o faço.

Minha formação acadêmica inclui jornalismo em Santos e direito em Taubaté, além de meia-pós-graduação em comunicação social e uma pós-graduação em língua portuguesa e literatura. E vários pequenos cursos adicionais, incluindo extensões, todos presenciais, que é o que existia naquele tempo.

Meu primeiro emprego foi ajudar meu pai no depósito de artigos de época, fazendo pacotes, atendendo a freguesia, carregando mercadoria, auxiliando no escritório, e fazendo contas.

Depois vagabundeei um pouco e fui ser cobrador. Passou um tempo e voltei a vagabundear, para depois atuar com artes plásticas e antiguidades. O dinheiro não dava para nada.

Aí, recebi uma pequena herança e abri uma lanchonete que era também uma casa de chá. Logo, minha esposa estava participando, até que, de repente, passou a cuidar sozinha do local.

Nesse meio tempo, fui chamado como redator e repórter da Rádio Emissora de Campos do Jordão. Depois, concomitantemente, fui empregado de diversos jornais escritos, como diretor de redação, fotógrafo, editor, redator, repórter, diagramador, etc., tudo ao mesmo tempo, já que eram jornais pequenos.

Também trabalhei, uns meses, como jornalista da prefeitura, o que me garantiu uns bicos em períodos eleitorais.

Como jornalista, fiz ainda alguns frilas e uma correspondência por três meses tórridos!

Noutra época, meus finais de semana eram tomados por uma galeria de arte de Campos do Jordão.

Quando fui demitido da Rádio Emissora, comecei a trabalhar como advogado, e logo fui chamado pela Sabesp, para a qual havia prestado concurso, em Caraguatatuba, onde trabalhei como atendente a consumidores.

Minha aposentadoria foi pela Sabesp.

Moro atualmente no litoral norte do estado de São Paulo. Meus hobbies são ouvir discos de vinil, ler muito, ver filmes e séries. E fazer cursos e oficinas pela internet.

Contato: leopoldopontes21@gmail.com

Livros e e-Books de Leopoldo Pontes editados pela amazon.com:

(Na ordem por publicação)

1. Gabriel: a História do Roqueiro que virou o Grande Herói Nacional

2. Asas para Teotino

3. Minha Experiência com o Kindle

4. Poemas para se Ler em Voz Alta

5. V.M.P.M.: Duas Histórias de Amor

6. 4 COROS DA TERRA E DOS CÉUS E UMA CANÇÃO INFLAMADA: Teatro

7. Dialética no Direito: O Estado Leigo

8. Análise de Matrix e outros filmes e textos

9. Dialética sem Encher Linguiça

10. ZEN SEM FRESCURA: O Livro da Anti-Autoajuda: Tudo o que os livros de autoajuda não te deixam acreditar

11. O Gosto das Coisas - Trilogia:

    1. E o Rock Não Morreu...

    2. A Gorda vai Cantar

    3. O Tempo e as Estações

12. VMPM e Outros Contos

13. ROCK NÃO SE APRENDE NA ESCOLA (maio de 2020)

14. NA CONTRAMÃO (maio de 2020)

15. Tudo ao Normal – Felicidade não é obrigatória (julho de 2020)

16. Antes do Despertar - α € Ω A Nova Gaia (outubro de 2020)

17. REINICIAR é a Solução pra Tudo! (janeiro de 2021)

18. Contos Jurídicos (julho de 2021)

19. O Prazer de Fazer Barulho (abril de 2022)

20. O Corvo (Tradução do poema de Edgar Allan Poe) (julho de 2022)

FIM

ÍNDICE

www.ingramcontent.com/pod-product-compliance
Lightning Source LLC
Chambersburg PA
CBHW072109150726
47999CB00005B/1970